HEYNE <

Sophie Andresky

Weihnachtsengel küsst man nicht

WILHELM HEYNE VERLAG
MÜNCHEN

FSC
www.fsc.org
MIX
Papier aus verantwortungsvollen Quellen
FSC® C014496

Verlagsgruppe Random House FSC-DEU-0100
Das für dieses Buch verwendete FSC®-zertifizierte Papier
Holmen Book Cream liefert Holmen Paper, Hallstavik, Schweden.

2. Auflage
Vollständige Taschenbuchausgabe 11/2012

Im Jahr 2002 bereits erschienen im Bastei Lübbe Taschenbuch,
Verlagsgruppe Lübbe GmbH & Co. KG, Bergisch Gladbach
Printed in Germany 2012
Umschlaggestaltung: s. freischem, yellowfarm gmbh
Umschlagillustration: istockfoto © Becsteroony
Satz: hanseatenSatz-bremen, Bremen
Druck und Bindung: GGP Media GmbH, Pößneck
ISBN: 978-3-453-54553-3

www.heyne.de

DEZEMBER

1 DEZEMBER

»Das Rentier? Wer bin ich? Professor Grzimek? Ich küsse doch kein Rentier!« Lina schob angewidert den großen flauschigen Rentierkopf von sich weg und stolperte dabei fast über ihr bodenlanges Engelsgewand. Das Rentier nahm es nicht persönlich und begann mit seinen fleischigen Lippen am Heuballen zu kauen, auf dem das Jesuskind lag.

Linas Freundin Annette, die dabeistand, griff sich mit beiden Händen an den Hals, drückte zu, verdrehte die Augen und schielte rüber zum Fotografen, dessen Gesicht gefährlich rot angelaufen war. Lina überlegte, ob sie Annettes Geste so deuten sollte, dass er gleich einen Herzinfarkt bekäme oder sich selbst erwürgen würde. Beides wäre ihr recht gewesen. Dann versuchte sie es auf die diplomatische Art. »Sehen Sie mal«, sagte sie kokosmakronensüß, »dieses Tier ist doch voll unhygienisch. Und diese behaarten Schlauchbootlippen, ehrlich, das sieht aus wie die Reinkarnation von Lolo Ferrari, so was küss ich nicht, das steht nicht im Vertrag, ich würd's vielleicht tun, wenn ich ein Lappe wäre – bin ich aber nicht, auch wenn ich einen anhabe!« Lina warf sich in ihrem goldfarbenen Sackkleid in Starpose, strich sich die silbernen Locken aus dem Gesicht und wartete auf Gelächter und Applaus für diese gelungene Überleitung zur Kostümkritik. Annette musste grinsen. Tatsächlich hatte Lina so wenig von einem Weihnachtsengel wie Frau Antje, deren lebensgroße Pappfigur hinten im Supermarkt beim Käse stand. Lina war jetzt Anfang dreißig und arbeitete schon seit einigen Jahren in diesem Beruf, bei dem weder sie noch die Partnervermittlerin Annette genau wusste, wie man ihn bezeichnen sollte. Fotomodell? Darstellerin? Oder – etwas realistischer – Supermarktwerbetante? Sie stand mit grünem Fischschwanz bei den Kabeljauwochen in der Feinkost-Jensen-Filiale oder hüpfte als Bunny mit riesigem Puschel über den österlich geschmückten Parkplatz vom Kinderparadies Görli. Nun gab sie eben den Rauschgoldengel vor der Salami-geschmückten Krippe mit dem Rentier, das sie nun auf Wunsch des Fotografen fürs Foto küssen sollte.

»Die Katla ist ein gutes Ren, die tut Ihnen nix«, wagte gerade der schüchterne Ren-Vermieter Rudi einzuwerfen, als Lina aufschrie. »Es frisst mich, es frisst mich!«, schrie sie wenig weihnachtlich, sodass einige Kunden neugierig näher kamen. Annette hätte sich selbst in die Cellulitis beißen können, weil sie keine Kamera dabeihatte: Katla nagte begeistert an Linas Bastflügeln, Lina kreischte schrill, schlug nach dem Tier, warf sich herum, stolperte über ihr Walkürengewand, riss die Krippe fast mit um, und Dutzende von Salamis aus der Dekoration prasselten auf das Jesuskind und den hysterischen Engel hinab. Das Ren sah sie mit feuchten, lang bewimperten Augen an, als wollte es sagen »Küss mich endlich!«

2 DEZEMBER

»Glotz nicht so«, fauchte Lina das Ren an, als der Fotograf wütend das Set vor der Fleischtheke verlassen und rechtliche Konsequenzen angedroht hatte. Da schob sich Rudi zwischen sie und das Tier. »Sie müssen Katla nicht beleidigen«, sagte er ruhig, »so ein Ren ist sensibel. Dass ein schöner Engel wie Sie so uncharmant sein kann.« Lina kam sich wirklich nicht schön vor und überlegte, ob er sie jetzt auf den Arm nehmen wollte, oder ob es ernst gemeint sein könnte. »Ich hasse Weihnachten«, grummelte sie und riss sich die silberne Perücke vom Kopf. Annette half ihr aus den Bastflügeln und knöpfte das Kostüm auf. Lina stand da in ihrer bunten Unterwäsche und bemerkte nicht Rudis Blicke, der jetzt einen ähnlichen Gesichtsausdruck machte wie Katla, wenn sie Engelsflügel fraß: hingebungsvoll und verzückt.

»Warum nimmst du dann solche Aufträge an?«, fragte Annette und faltete den goldenen Stoff zusammen. »Du hättest eine Neandertalerin auf der Musterhausmesse machen können.« »Weil«, erklärte Lina sehr geduldig, »ich gedacht habe, ich stehe hier supersexy in einer Wolke von einem Kleid herum und kann gleich den Chiffre-Typen becircen. Stattdessen sehe ich aus wie eine Mischung aus Litfaßsäule und antiker Tragödin und soll mich hier bei sodomitischen Praktiken ablichten lassen.« Annette nickte verständnisvoll. Linas Chiffre-Verabredung hatte sie über dem Chaos ganz vergessen. Zwei Wochen war es her, dass Annette Lina geholfen hatte, eine Kontaktanzeige zu formulieren, immerhin war sie der Anbahnungsprofi – auch wenn sie selbst Single und damit eine schlechte Werbung für ihre eigene Agentur war. Lina hatte sich einen Anwärter mit Carpendalefrisur und Maßanzug ausgesucht und ihn zum Engel-Shooting an die Krippe bestellt. Daraus würde jetzt aber nichts werden, denn die Kameras und Scheinwerfer waren abgebaut, Rudi hatte das Rentier schon verladen, und Lina sah wirklich nicht besonders engelig aus, wie sie da mit verwuschelten Haaren und silbernem Make-up vor der Fleischtheke stand. Rudi hatte »das Ren im Kasten«, wie er es nannte, griff sich eine heruntergefallene Salami, biss ab und fragte »Is noch was?« Und da fiel Lina etwas ein. Sie erklärte ihm die Situation und bat ihn kurzerhand, noch etwas zu warten, weil ihr Date jeden Moment aufkreuzen musste. »Sagen Sie ihm doch bitte, dass ich noch zu einem anderen Fototermin musste. Er soll Ihnen seine Telefonnummer geben, und ich melde mich dann bei ihm.« Rudi nickte, gab ihr die Nummer des Rentierhofes und war neugierig, wie wohl jemand aussah, den eine Frau wie Lina sich aussuchte. Das Ren draußen röhrte ungeduldig.

von: angelina.drossel@gmx.de
an: annette.herz@agentur-herz.de

Weißt du, das einzig Wahre an Weihnachten sind die Geschichten, die man sich, wenn es dunkel wird, am Kaminfeuer erzählt. Ansonsten hasse ich es. Das ist auch der Grund, warum ich eben so kurz angebunden war. Dabei kümmerst du dich immer um mich und bist überhaupt die Beste. Und deshalb bekommst du jetzt vorm Schlafengehen auch noch eine Mail von mir. Liebe Nette! Weihnachten macht mich wütend. Überall glückliche Familien, und das Einzige, das zu mir gehört, sind meine körpereigenen Haustiere: jedes Jahr ein paar Krähenfüße im Gesicht und ein Pfund Schweinespeck auf den Hüften mehr. Ich kann nur hoffen, dass dieser Rudi meinem Date wirklich Bescheid gesagt hat. Das wär doch zu schön, wenn es wirklich mal ein Treffer würde. Wenn ich mir das letzte Jahr so ansehe, war es männertechnisch wirklich mau. Weißt du noch, wie ich als Primavera in dem durchsichtigen Fähnchen und geschmückt wie ein Pfingstochse auf der Blumenmesse in Amsterdam gearbeitet und anschließend in der Aufmachung zum Flughafen musste? »Darf ich mal an Ihren Primeln riechen?«, war da noch die netteste Anmache. Einer hat mir auf die Brustwarzen getippt und gesäuselt: »Oh, da knospt es aber!« Da verlier ich echt den Glauben an die Menschheit. Oder neulich dieser Student, der an der Supermarktkasse hinter mir stand und plötzlich ohne Vorwarnung sagte »Dieses Toastbrot gibt es auch in Vollkorn.« Mehr als ein »?« fiel mir dazu nicht ein, und bis ich bezahlt hatte, kannte ich sein halbes Leben, seine WG-Mitbewohner und deren Duschgewohnheiten und hatte alles über seine Ernährungsticks erfahren. Oder bei dieser Managerkonferenz, als ich von der Agentur ins falsche Hotel geschickt wurde und im Truthahnkostüm in eine Konferenz mit lauter

Japanern platzte und rief »Truthahnbrüste, oh, wie fein, müssen stets von Truti sein!« Dann kam mein Taxi nicht, und ich saß noch immer als Big Bibo im Foyer, als die Konferenz zu Ende war. Fast alle Japaner haben sich bei mir entschuldigt, weil es so peinlich für mich war. Einer wollte mich zu einem McChicken einladen, und ein anderer erkundigte sich nach dem Preis meiner Hühnerbrüstchen. Ach, Nette, und jetzt im Advent laufe ich als Zimtstern durch die Fußgängerzone oder überbringe im roten Plüschbikini mit Nikolausmütze singende Telegramme in Yuppiebüros. Oder ich sitze hier rum und ertränke meinen Frust in Glühwein. Und wenn ich all die Pralinenberge auf meinem Schreibtisch sehe, weiß ich wieder, dass Gott ein Mann ist. Denn sonst wären doch wohl alle Kalorien in Sellerie, oder? Schlaf gut, und drück mir die Daumen, dass dieses Date mein Weihnachtsgeschenk ist. Ich verlange ja gar nicht, dass George Clooney bei mir klingelt. Einfach ein richtiger Mann, der neben Haaren auf der Brust auch ein paar auf den Zähnen hat!

Deine Lina.«

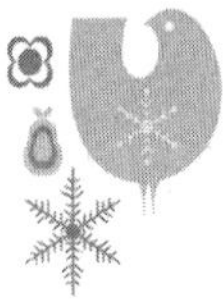

von: annette.herz@agentur-herz.de
an: angelina.drossel@gmx.de

Angelina Drossel, Stopp mit dieser furchtbaren Weihnachtsdepression! Das kann ich ja kaum mit ansehen. Noch so eine Trübsinnsmail, und ich pack deine Adresse in den Spam-Filter! So schlecht geht es dir nun auch wieder nicht. Du siehst knackig aus, das weißt du selbst, und sonst würdest du auch nicht so oft gebucht. Dass männertechnisch im Augenblick kein Komet vorbeifliegt, ist eben nicht zu ändern. Kosmische Wellen vielleicht. Oder vielleicht siehst du dich mal unter den Josephs dieser Welt um, statt auf drei Könige zu warten, die dir Myrrhe und Weihrauch vorbeitragen. Ich bin immerhin auch Single und hab mich mit meinem Kater ganz gut eingerichtet. Kater sind gut gegen Einsamkeit! Hyperion lässt keine Socken herumliegen, und die Sportschau will er auch nicht sehen. Außerdem ist er kastriert, was ganz entscheidende Vorteile bringt. Aber zurück zu dir. Es ist doch jedes Jahr dasselbe. Im Sommer bist du begeistert solo, aber wehe, es stapeln sich die ersten Lebkuchen in den Läden. Prompt wirst du trübselig und lässt deine miese Laune an armen Rentieren aus. (Glaub mir, ich habe schon Typen geküsst, die unappetitlicher aussahen und küssten als dieses Katla-Vieh!) Du liebst doch Geschichten. Also lass dir eine aus meiner Agentur erzählen, eine Kamingeschichte, die aber wirklich wahr ist. Ich hatte mal einen Kunden, der war Artist. Er hatte eine Nummer, in der er sich als Adler verkleidet von Trapez zu Trapez schwang. Die einzige Frau, die ich für ihn begeistern konnte, war eine polnische Gänserupferin, die aber zugegebenermaßen einen Bart am Kinn und Tränensäcke in Form von Teebeuteln hatte. Jedenfalls graute dem Trapezartisten beim *first contact* so dermaßen, dass er sie sofort loswerden wollte. Also versuchte er ihr Angst einzujagen und führte ihr seine Nummer vor, die wirklich ziemlich spooky war. Als Finale flog er einen Salto, bei dem plötzlich das Licht ausging. Die Gänserupferin erschrak sich, beschloss, dass sie nicht jeden Abend Angst um einen im Dunkeln herumflatternden Mann haben wollte und reiste sofort ab. Als das Licht aber wieder anging, war der Artist weg. Im Dach des Zirkuszelt war ein Loch, durch das es in die Manege schneite. Der kleine Zirkus ging ohne seinen Star pleite und musste in Fußgängerzonen betteln. Und von dem Artisten hat man nie wieder was gesehen. Ich schwöre, so war das. Willst du das? Da muss es doch andere Wege geben als einfach wegzufliegen, weil einem die Auswahl nicht passt. Aber so weit muss es bei dir gar nicht kommen, denn ich hab da so eine Idee ... Du wirst staunen!

Deine nette Annette.

Lina kam sich vor wie in einer Schneekugel. Draußen segelten dicke weiße Flocken herum, es war ganz still in der Wohnung, und sie stand in ihren bunt geringelten Skisocken und ihrem Nachthemd mit dem großen »Bad Girl« auf dem Busen vor dem Telefon. Sie hatte schon eine Weile den Hörer in der Hand und überlegte, warum sie ein ungutes Gefühl hatte. »Es gibt ja nur zwei Möglichkeiten«, murmelte sie, »entweder dieser Rentiertyp hat meinem Date Bescheid gesagt oder nicht.« »Oder«, flüsterte eine gehässige Stimme in ihrem Kopf, »dein Date ist gar nicht gekommen. Oder er war da und hat einen IQ wie Fossibär, oder er stand die ganze Zeit dabei und hat gesehen, wie du da in diesem peinlichen Freakkostüm unter baumelnden Salamis rumstandst und das seifernde Rentier knutschen solltest und hat sich aus dem Staub gemacht.« Aber Lina war noch nie einem Risiko aus dem Weg gegangen, also wählte sie die Nummer auf ihrem Zettel und wartete. »Rentierfarm, Vermietungs- und Hochzeitsservice, Filmausstattung und equide Tiere aller Art. Von Rentier, Yak und Bison bis zum Alpaka oder Esel der Heiligen Familie alles da, hier ist Rudolf Bärchinger, guten Tag, was kann ich für Sie tun?« »Warum zitieren Sie nicht gleich das ganze Weihnachtsevangelium, wenn Sie den Hörer abnehmen?«, maulte Lina. Rudi lachte: »Sie sind es, Lina, Ihren Charme hab ich doch gleich erkannt.« Lina hatte keine Lust, sich mit ihm zu kabbeln, und fragte: »Sind Sie noch dageblieben? Ist jemand für mich gekommen?« Rudi zögerte. »Na ja«, sagte er schleppend. Linas Laune sank noch ein Stückchen tiefer. »Doch, es war jemand da«, sagte Rudi da ganz schnell, »und er hat mir etwas für Sie mitgegeben.« Dabei verschluckte er sich fast. »Eine Telefonnummer?« Lina angelte nach einem Stift und hielt ihren Arm hoch, um die Nummer zu notieren. »Nein, ein Geschenk!« Rudis Stimme wackelte wieder wie ein großer Pudding. »Ein großes Geschenk. Fast einen Meter hoch. Holen Sie es ab?« Und weil Lina nicht reagierte, sagte er noch schnell: »Es macht komische Geräusche. Sie müssen es abholen.« Lina seufzte. Komische Geräusche in einem Riesengeschenk. Was verschenkt dieses Date denn? Einen lebenden Truthahn? Auf der anderen Seite: Eine Fahrt durch die verschneite Landschaft und ein Geschenk würden sie vielleicht endlich in Weihnachtsstimmung bringen. »Wie finde ich die Farm?«, fragte sie, griff in die Schale neben dem Telefon und biss in einen quietschrosafarbenen herzförmigen Keks.

6

Rudi stand im Stall und streichelte einem kleinen Lama beruhigend über den Lockenkopf. Das Lama zuckte jedes Mal zusammen, wenn es von einem Schwall Holzspäne getroffen wurde. Vor Rudi hobelte sein Freund Meister die neue Boxenabtrennung glatt und keuchte leise dabei. »Komische Geräusche? Was meinst du mit komischen Geräuschen?«, fragte Meister. Rudi zuckte mit den Schultern. »Ich hatte das Gefühl, sie kommt sonst nicht. Das ist keine Frau, die einfach mal so drei Stunden durch die Pampa fährt, nur weil da irgendwo ein Paket für sie steht. Das ist eine Diva, die muss man schon richtig neugierig machen. Und da hab ich halt gedacht, komische Geräusche machen neugierig.«

Das kleine Lama machte jetzt auch ein komisches Geräusch, flanschte dann die Lippen und spuckte im hohen Bogen auf den hobelnden Meister. »He!«, rief Meister und drohte dem Lama mit dem Hobel, »ich baue hier dein Kinderzimmer, also spuck mich nicht an!« Rudi grinste. »Es mag dich halt.« »Wenn du auch immer die Frauen anspuckst, die du magst, ist es kein Wunder, dass du hier allein unter lauter Viechern lebst.« »Das sagt der große Frauenkenner«, konterte Rudi, »wie lange bist du schon verheiratet? Ach, natürlich, du bist ja gar nicht verheiratet, du bist ja seit Jahren Stammkunde in einer Agentur für schwer vermittelbare Fälle und schmachtest die holde Chefin Annette an.« Meister hobelte stärker, als Annettes Name fiel, und ein neuer Schwall Späne regnete auf das Babylama.

»Ich will Lina doch nur erst mal hier haben«, rechtfertigte sich Rudi, »das ist eine ganz Süße, wenn sie nicht grad patzig ist. Wir trinken einen Punsch zusammen, ich zeig ihr alles, was plüschig, großohrig und knopfäugig ist, darauf stehen die Frauen, wirst sehen, und dann wird sie mich auch mal wahrnehmen und aufhören, von ihrem Yuppie zu reden.« »War der denn überhaupt da?«, fragte Meister, und Rudi nickte. »So ein Schnösel im Designeranzug. Wie aus der Cappuccino-Reklame. Aber Mundgeruch wie ein Iltis. Ich hab ihn einfach an der Supermarktkrippe stehen lassen und behauptet, ich hätte hier keinen Engel gesehen.« Meister richtete sich auf und pustete über seinen Hobel. »Jetzt erzähl ich dir mal was über die wahren Wünsche der Frauen«, sagte er und Rudi seufzte. »Die wollen doch in Wirklichkeit gar keinen Filmstar, der länger im Bad steht als sie selbst. Die wollen einfach einen richtigen Kerl, der auch mal Kontra gibt.« Rudi nickte. »Ich werde mich darum kümmern, dass in diesem Paket etwas drin ist. Versprochen. Und was wirst du also tun, wenn deine Weihnachtspute mit ihren Bastflügeln hier auftaucht?« Rudi seufzte. »Ich bin ein richtiger Kerl und mecker sie an, weil Frauen das so mögen.« Meister klopfte ihm auf die Schulter und wuschelte das Lama. Das sah ihn treuherzig an, flanschte und spuckte.

7 DEZEMBER

Annettes Kartei war voller Romanstoff. »Warum plag ich mich hier eigentlich ab mit Blind Dates und Fragebögen«, seufzte sie und schob einen großen Stapel Fotos zur Seite. »Jede Kartei eine Kurzgeschichte, lauter verrückte Typen, ich müsste es nur aufschreiben und an einen Verlag schicken und könnte reich und berühmt damit werden.« Sie blätterte durch ihre Unterlagen, bis sie schließlich die Karte fand, die sie gesucht hatte: Ende dreißig, groß, dunkelhaarig, selbstständig, offensichtlich solvent, denn er war seit Jahren bei ihr Kunde und hatte noch nie um einen Preisnachlass gefeilscht, wenn sie mal ein paar Monate nichts für ihn arrangieren konnte. Das große Minus war natürlich der Wohnort, plattestes Land, aber vielleicht könnte sich Lina trotzdem mit diesem Kandidaten anfreunden. Manchmal brachte er Apfelkuchen mit in die Agentur, und er hatte einen richtigen Pelz auf der Brust wie Balou, der Bär. Eine spitze Zunge hatte er auch. Ein Date zwischen ihm und Lina würde sich anhören, als träfen sich Hauser und Kienzle zum Turteln. Manfred Meister hieß er, und er war auch einer. Tischler. Seine Nummer konnte sie inzwischen auswendig.

»Annette Herz hier von der Agentur Herz«, säuselte sie, »ich schick Ihnen da mal ein Foto von einer ganz besonderen Kundin. Die wird Ihnen gefallen. Allerdings sollten Sie sich mit ihr nicht auf Ihrem Hof treffen, der ist ja doch etwas renovierungsbedürftig. Ach, Ihr Freund hat einen Hof mit schönem Ambiente? Weihnachtlich sogar? Das ist ja prima. Wissen Sie was, das daten wir gleich. Sagen wir heute Nachmittag? Dann schicke ich Ihnen das Foto per Kurier, okay?«

Annette legte auf und war doch sehr befriedigt. Sie summte ein paar Takte von »Ihr Kinderlein kommet«, schwenkte dann über in »freu-heu-het Euch« und rief Lina an. »Maus?

Hier ist Nette. Dein Carpendale-Typ hat sich bei mir gemeldet. Er will sich noch mal mit dir treffen, klang sehr nett! Bodenständig, kein Psychopath. Ich geb dir mal die Adresse, ist allerdings etwas außerhalb. Wieso musst du da jetzt eh hin? Der Rentiertyp? Ein Geschenk? Davon weiß ich ja gar nichts. Ist aber egal, fahr hin, und sei ein bisschen Santa Baby, ja? Der Arme kann ja nichts dafür, dass du die Weihnachtsdepression hast.«

Annette lehnte sich zurück und sah in das prasselnde Kaminfeuer. Das fügte sich ja alles ganz wunderbar. Lina und Meister würden sich in der stimmungsvollen Kulisse des Rentierhofes kennenlernen, ein Geschenk gab es auch, weiß der Geier, wo das herkam, aber egal, und dann würde das nächste Weihnachtsfest schon ganz anders aussehen. Und Annette dachte an eine lange, festlich geschmückte Tafel mit einem riesigen Puter, um den das glückliche Ehepaar saß, und natürlich ein paar kleine Engelchen, und eines davon würde bestimmt Annette heißen und einmal eine berühmte Kupplerin werden.

Das Paket reichte Meister fast bis zur Hüfte. Das Ersatzteil einer Melkmaschine war darin angeliefert worden, aber von dem großen Schriftzug »Happy Kuh« war nichts mehr zu sehen. Rudi hatte den Karton mit roter Folie beklebt und mit einem breiten grünen Geschenkband umwickelt und vorne zu einer großen Schleife gebunden. Meister stand bei den Rentierboxen, die weihnachtlich mit Tannengrün und Unmengen von Misteln geschmückt waren. Rudi musste den Dorfblumenladen völlig leer gekauft haben. Anscheinend lag ihm wirklich etwas an der Weihnachtspute. Er sah noch einmal auf das Foto, das Annette ihm mit einem Kurier geschickt hatte. Übel sah sie nicht aus. Aber wieso sie mit CDs behangen war und ein überdimensionales Mikrofon in der Hand hielt, war ihm wirklich nicht ganz klar. Vielleicht war sie ein bisschen verrückt. Meister überlegte, ob er diese Frau wirklich kennenlernen wollte. Dann fasste er einen Entschluss: Wenn sie nett verrückt war, würde sie über seine Aktion lachen. War sie aber verrückt verrückt, dann würde sie das Weite suchen. Und das wäre auch kein großer Verlust, denn er könnte weiterhin in Annettes Kartei bleiben und bei ihr vorbeisehen, einen Apfelkuchen mitbringen und sich von ihr zu einem Kaffee einladen lassen, um über seine »schwierige Vermittlung« zu sprechen. Sie war dabei immer sehr taktvoll und erzählte ihm merkwürdige Geschichten von unmöglichen Leuten, die schließlich doch noch einen Partner gefunden hatten. Er grinste.

Annette konnte ja nicht wissen, dass er bisher jede Bewerberin vergrault hatte. Er brauchte einfach eine, die etwas aushielt. So wie Annette. Die war hartgesotten. Wahrscheinlich würde sie sogar lachen, wenn sie wüsste, dass er einmal einem Date ein Omelett mit einem Regenwurm serviert und als heimische Köstlichkeit angepriesen hatte. Ein anderes Mal hatte er sich mit einer Frau in einem schicken Lokal getroffen, und während sie plapperte und plapperte, hatte er sich vorgebeugt und die Nase in sein Weißweinglas getunkt. Noch während er den Wein durchblubberte, war die Frau aufgestanden und gegangen.

Meister öffnete die Plastiktüte, die er in der Hand hielt, und sah hinein. Er grinste von einem Ohr zum anderen. Was Rudi seiner Pute in das riesige Geschenk packen sollte, wusste Meister noch nicht, aber erst mal würde er das Paket für seine Zwecke nutzen. Seine Perle kam eh früher als Rudis. Er zog sich aus und schlüpfte in rote Boxershorts, die mit lauter Weihnachtsmännern bedruckt waren. Dann hängte er sich einen Bart um und setzte sich blinkende Rentierhörner auf. Als er in die Box stieg und den Deckel über sich zuzog, kicherte er und dachte an Annette.

Das Schneekugel-Gefühl hielt an. Auch in Lina wirbelte alles durcheinander. Die Gedanken flogen in kleinen Fetzen in ihrem Kopf herum wie die Schneeflocken draußen. Die Scheibenwischer ihres Smarts gaben das Letzte, aber trotzdem sah sie kaum, wo sie entlangfuhr. Die vorige Ortschaft hatte sie schon eine Weile hinter sich gelassen, und Lina wurde langsam unbehaglich. Es dämmerte. Das drückte ihr auf die Stimmung. Diese ewige Dunkelheit im Winter machte ihr zu schaffen. Wieder ein Tag vorbei, wieder kein Weihnachtswunder. Sie fuhr eine kurvenreiche Straße hinauf und versuchte sich einzureden, dass die Landschaft bei Sonne wahrscheinlich sehr malerisch und idyllisch gewesen wäre und dass man schon mal ein paar

Stündchen im Auto sitzen konnte, wenn die Chance bestand, ein wirklich aufregendes Geschenk von einem wirklich aufregenden Mann zu bekommen. Einen Meter hoch sollte das Paket sein. Und komische Geräusche machen. Lina überlegte, was in dem Geschenk sein könnte, aber es fiel ihr nichts ein.

Es roch streng in dem Wagen. Bis sie sich erinnert hatte, wo sie geparkt hatte, und bis die Scheiben dann freigeschaufelt waren, war ihre Kleidung völlig durchnässt gewesen. Jetzt saß sie hier in ihrem klammen Wollpulli in einer Art großem, völlig überhitzten Umluftherd, der ihr die Füße ankokelte und das Gehirn austrocknete. Leider ließ sich die Heizung nicht abstellen. Gerade als Lina sich darüber ärgern wollte und begann, mit ihrer Gianna-Nanini-Stimme Weihnachtslieder zu verhunzen, ließ das Brennen um ihre Füße nach, und es kühlte angenehm ab. Es kühlte sehr ab. Es kühlte ganz und gar ab. Und bereits bei der nächsten Strophe von den Engeln, die auf den Feldern singen, musste Lina zugeben, dass die Heizung ausgefallen war. Und von dem Kaff, in dem der Rentierhof sein sollte, war nichts zu sehen. Lina versuchte Annette per Handy zu erreichen, immerhin hatte sie ja ihre Agentur auf halber Strecke und kannte sich vielleicht etwas besser aus, aber Annette nahm nicht ab. Wahrscheinlich stopfte sie gerade ihre Mastmieze mit Entenleber voll oder hatte es sich mit einem Fläschchen Baileys in der Wanne bequem gemacht, wobei dann noch die Chance bestand, dass sie von selbst anrufen würde, denn das tat sie manchmal, wenn sie einen gewissen Pegel erreicht hatte. »Süße«, quietschte sie dann ins Telefon, »ich liege hier in einer Wanne Baileys und trinke ein Schlückchen Wasser auf dein Wohl.« Lina grinste. Zutrauen würde sie ihr das. Aber langsam wurde ihr das Schneetreiben da draußen doch unheimlich. Und gerade als sie überlegte, ob sie vielleicht in einem Zeitloch gefangen war, so murmeltiertagmäßig, und bis an ihr Lebensende immer wieder um die gleiche Kurve fahren müsste, tauchten vor ihr Lichter auf. Und dann sah sie ein verschneites Holzschild. »Rentierfarm Bärchinger« stand darauf.

10 DEZEMBER

Die Tür zum Stall quietschte. Lina hatte ein paar Mal gerufen, ohne dass jemand darauf reagierte, und der Stall war der einzige Teil des Hofes, in dem Licht brannte. Sie trat in den warmen Stall und schüttelte den Schnee von ihren Haaren, die sich unter der Nässe gekräuselt hatten und ihr vom Kopf abstanden wie bei Pumuckl in der Technoversion. Sie rief ein paar Mal, aber nur das halbe Dutzend Rentiere schnaubte leise und kaute unbeeindruckt weiter am Heu herum. Eines hatte den Kopf gehoben und grinste sie mit fleischigen, behaarten Lippen und großen Staunaugen an. »Na Katla«, flüsterte sie und strich dem Tier vorsichtig über den Schopf zwischen dem Geweih. »Tut mir leid, dass ich zickig zu dir war. Kannst ja nichts dafür, dass du ein Rentier bist. Aber an deinem Damenbart musst du was machen. Epilieren oder so. Ich lass deinem Herrchen die Nummer meiner Kosmetikerin da.«

Plötzlich kam sie sich sehr einsam vor. Die Rentiere standen dicht beieinander an den Traufen und schmiegten die Bäuche aneinander. Es kam Lina vor, als seien sie eine große Familie, die sich – im Rahmen ihrer Möglichkeiten – auch gut verstand und zusammenhielt. Rentier sein war Heiligabend bestimmt besser als Lina sein. Lina fühlte ein Tränchen im Augenwinkel und verbot sich weitere Sentimentalität. Mit der besten Freundin der Welt am Kamin zu sitzen, ein Glas Bowle zu trinken und einen dicken schnurrenden Kater auf dem Schoß zu haben, war sicher nicht das schlechteste Schicksal.

Da hörte sie es hinter sich fiepen. Sie drehte sich um und entdeckte den großen verpackten Karton. Ihr Geschenk. Sie ging hin und legte ihr Ohr auf den Deckel. Da fiepte es noch mal. Sie konnte sich immer noch nicht vorstellen, was darin sein mochte. Sie versuchte, das Paket anzuheben, um es ins Auto zu tragen, denn sie wollte so schnell wie möglich in die Stadt zurück und hatte auch keine große Lust auf ein Gespräch über Rentierhufe oder Alpaka-Fellpflege, falls Rudi noch auftauchen sollte. Der Karton war zu schwer. Sie musste ihn hier öffnen. Vorsichtig hob sie den Deckel an. Es gab einen Rumms, und mit ohrenbetäubendem Indianergeheul sprang Meister heraus wie ein Revuegirl aus einer Torte. Lina sah fassungslos auf den nackten Mann in den Weihnachtsshorts mit dem blinkenden Rentiergeweih auf dem Kopf und wäre, als sie rückwärts stolperte, fast auf den Stallboden gefallen, hätte Rudi sie nicht aufgefangen. »Hoppla«, sagte er, »anscheinend ist das Ihre natürliche Fortbewegungsart, krebsmäßig rückwärts mit Hang zur Bodenlage.« Er grinste. Meister stand in seinen Boxershorts daneben und heulte immer noch. »Meister, das ist mein Weihnachtsengel«, stellte Rudi sie vor, und Meister sah plötzlich noch fassungsloser aus als Lina.

11

Es klang fast wie ein Rap, als Meister und Rudi abgehackt und sich gegenseitig immer wieder unterbrechend alles aufklärten, und Lina reimte sich aus dem Gestammel zusammen, dass Annette sie als Date hierhergelockt hatte, dass das Paket gar nicht von dem Chiffre-Man war, sondern von Rudi, und dass Meister das Paket erst einmal für sein Date zweckentfremdet hatte. Sie schäumte. Rudi fand sie überwältigend, wie sie als Rachegöttin hoch aufgerichtet und mit bebender Stimme, die keinen Widerspruch duldete, im Stall stand und ihre Gebote verkündete, sodass selbst die Rentiere mit Kauen aufhörten und sie treuherzig ansahen, als sollten sie gleich den Befehl erhalten, zur Arche zu trotten.

»Sie«, schmetterte Lina und zeigte auf Meister, »ziehen sich augenblicklich etwas an, diesen Anblick ertrage ich wirklich nicht länger, sonst gewöhne ich mir die Männer vielleicht ganz ab, was kein großer Verlust wäre, wenn ich Sie so ansehe. Und dann machen Sie sich hier vom Acker, verstanden?« Meister, der sonst immer eine große Klappe hatte, fiel dazu nicht viel ein, er sammelte seine Kleidung ein und machte sich aus dem Staub. Kaum war Meister aus ihrem Blickfeld, fiel ihr wieder ein, wem sie diesen ganzen Schlamassel zu verdanken hatte. Wie konnte Annette ihr so etwas antun? So verzweifelt, dass sie auf einen verhaltensgestörten Geweihfetischisten mit dem IQ eines Elchs abfahren würde, war sie nun auch wieder nicht. Sie herrschte Rudi an, die Klappe zu halten, als er sich entschuldigen wollte, und kramte ihr Handy hervor.

Rache musste sein. Sie rief ihren üblichen Pizzaservice an und bestellte ein Dutzend Christmas-Pizzen zu Annettes Adresse. Christmas-Pizzen waren das Perverseste, was die Weihnachtsindustrie je hervorgebracht hatte: Hefeteigböden belegt mit Rosinen, Zimt, Apfelmus und Mozzarella. Wenn es eine Hölle gäbe, stünde das garantiert auf der Speisekarte. Anschließend lockte sie den russischen Rentnerchor, der in der Grundschule nebenan dreimal in der Woche seine Nastrowjes probte, mit Aussicht auf Freiwodka in Annettes Wohnung ein, und um es komplett zu machen, bestellte sie ihr auch noch eine Kollektion zeltartiger, schrill gemusterter Überwürfe bei dem Versandhandel für Schwangere, für den sie neulich gemodelt hatte, und bestand auf einer sofortigen Lieferung. Danach ging es ihr besser. »Jetzt zu Ihnen«, schnaubte sie und ging drohend auf Rudi zu. »Sie zeigen mir sofort den schnellsten Weg zurück in die Stadt, Sie zahlen meine Tankrechnung, und dann will ich Sie nie wieder sehen müssen, verstanden?« Rudi lächelte freundlich und sagte betont ruhig: »Da werden Sie sich bis morgen gedulden müssen. Wenn Sie mal nach draußen sehen möchten: Wir sind fast eingeschneit.«

Die Schneekugel draußen und in Linas Kopf war jetzt so dicht, dass sie gar nicht mehr wusste, wo sie war. Erst weigerte sie sich noch zuzugeben, dass sie mit ihrem Elefantenrollschuh niemals über den Berg kommen würde, aber dann sah sie es ein und fauchte Rudi an, er solle sie mit seinem Traktor abschleppen. »Traktor«, Rudi lachte, »ich bin doch kein Bauer! Und selbst wenn, auch mit einem Trecker kommen Sie da nicht rüber, Sie werden sich schon bis morgen gedulden müssen. Kommen Sie, wir müssen ins Haupthaus, bevor wir hier festsitzen.« Lina tappte leise vor sich hin schimpfend zur Tür, aber Rudi brauchte noch einen Moment. Er ging zu allen Boxen und strich den Tieren über die gelockten Schöpfe.

Lina musste an ihre Großmutter denken, die immer zu ihr gesagt hatte: »Männer, die Tiere und Pflanzen gut behandeln, sind nicht zwingend nett zu ihren Frauen, aber ganz große Scheusale können Sie auch nicht sein.« Rudi nahm eine Plane, legte sie über sich und Lina und öffnete die Stalltür. Der Wind war so kalt und schneidend, dass er ihr den Atem nahm. Sie japste und hatte das Gefühl, wie ein Magnet Hunderte von winzigen Nadeln anzuziehen, die auf ihr Gesicht einpikten, bis es brannte. Die Kälte schnitt ihr in die Augen, sodass sie augenblicklich anfingen zu tränen. Sie schloss die Lider und ließ sich von Rudi führen, der gebückt ging, um dem Wind weniger Angriffsfläche zu bieten. Die wenigen Meter über den Hof kamen Lina vor wie eine Wanderung, und so kalt ihr äußerlich war, so sehr kochte sie innen. Das konnte alles nicht wahr sein. Rudi schloss umständlich die Tür auf und ließ Lina vor sich ins Haus schlüpfen. Da stand sie tropfnass und wütend und funkelte ihn an. »Ziehen Sie sich aus«, sagte Rudi.

Lina öffnete und schloss den Mund wie ein Karpfen auf dem Trockenen. »Wie bitte?« Rudi blieb dabei. »Ziehen Sie sich aus. Oben im Bad. Duschen Sie heiß, Handtücher sind auf der Heizung. Da steht auch ein Trockner für Ihre Sachen. Ich suche Ihnen etwas raus und lege es vor die Tür. Na los, machen Sie hinne.« Lina trabte schon völlig verdattert die ersten Stufen zum oberen Stockwerk hinauf, da drehte sie sich noch einmal um. »Können Sie mir mal sagen«, begann sie, »was das hier eigentlich alles soll? Sie schicken mein Date weg. Sie lügen mich an mit dem Geschenk. Sie locken mich hier raus und lassen zu, dass mich Ihr exhibitionistischer Freund zu Tode erschreckt. Was soll das eigentlich?« Rudi zuckte mit den Schultern. Es dauerte ein Weile. Dann sagte er: »Ich mag Sie halt.«

Lina kam, in einen dicken weißen Frotteebademantel gewickelt, die Treppe herunter. Rudi lachte, als er sie sah. »Du siehst aus wie ein Schneemann«, sagte er, reichte ihr einen großen Becher Kakao und fügte noch hinzu: »Wenn man eine Frau mal im Bademantel gesehen hat, darf man sie duzen – hat meine Oma mir beigebracht.« Lina lächelte: »Scheint so, dass deine Oma ähnliche Weisheiten parat hatte wie meine. Meine hat immer gesagt, hätschel und pflege einen Mann wie ein Gewächs, wenn er aber zu wild wuchert, reiß ihm die Wurzeln aus oder bring ihn unter den Rasen und schütt Erde drauf.« »Jetzt weiß ich auch, woher du deinen Charme hast.« Rudi grinste. Sie setzten sich an den Küchentisch und sahen hinaus. Draußen tobte der Schneesturm, als würde sich die Welt auf den Kopf stellen, die Flocken kamen von allen Seiten. Sie segelten von oben herab, stiegen von unten auf wie Funken und tobten dazwischen, kleine weiße Wirbelstürme, die jedem, der jetzt noch draußen war, völlig die Orientierung nehmen würden. Rudi schob Lina eine große Schale mit Keksen hin und gemeinsam futterten sie, als hätten sie sich abgesprochen, Sorte um Sorte. Erst die Zimtsterne, dann die Vanillekipferl, schließlich das Marmorgebäck und die Makronen. »Läuft dein Job gut?«, fragte Rudi, um etwas zu sagen. »So gut es eben laufen kann, wenn man als Litfaßsäule mit Bettlaken behangen unter einer Wurstkrippe stehen muss.« »Wolltest du immer Model werden?« »Ich schon, aber mein dicker Hintern nicht.« Rudi schaute ihr über seinen dampfenden Kakaobecher hinweg tief in die Augen: »Wenn man dich Plätzchen essen sieht, kann man dir kein Pfund verübeln.« Lina wurde rot, wickelte sich enger in seinen Bademantel und schlürfte, sodass sie eine weiße Sahnespitze auf der Nase hatte, als sie wieder aus ihrem Becher auftauchte.

»Hier im Dorf gibt es eine Geschichte«, fing Rudi an, »die wirklich wahr sein soll. Man erzählt sie im Advent den Kindern, aber die Erwachsenen erzählen sie sich auch. Also: Früher wohnte hier auf dem Hof ein Mann, der seine Frau so sehr liebte, dass er sie immerzu küssen und anknabbern musste.« »Sehr pädagogisch. Ist das eine ländliche Form der Aufklärung?« Rudi brachte sie mit einem Blick zum Schweigen. »Die Frau backte ununterbrochen. Hefezöpfe, Plätzchen, Kuchen, Brot und vor allem Printen, und sie aß es auch immer alles auf. Und eines Tages merkte ihr Mann, als er ihren Nacken küsste, dass die Haut da dunkler war als sonst und dass sie süß schmeckte.« »Ich ahne es.« »Scht! Die Frau verwandelte sich schließlich in eine große, dunkle Printe, als sie wieder einmal am Herd stand und Mandeln für einen Kuchen pellte.« »Und ihr Mann?« »War furchtbar traurig und hat sie aus lauter Liebe aufgegessen.« Lina lachte. Gerade wollte sie ihm die Geschichte des entflogenen Trapezartisten erzählen, da gab es einen großen Knall, und es wurde dunkel.

»Stromausfall«, sagte Rudi und wies Lina an, da sitzen zu bleiben, wo sie war, damit sie sich nicht an den niedrig hängenden Balken stieße. Er selbst fand sich im Haus wie eine große Katze zurecht, und er ging auch so leise, dass Lina sich erschrak, als er plötzlich wieder neben ihr auftauchte und ein Feuerzeug anschnippste. Er hatte einen Kerzenleuchter dabei und zündete jetzt eine Kerze nach der anderen an. Lina fand das sehr romantisch und sagte es auch, aber Rudi war nicht mehr in Plauderstimmung. »Wenn der Strom im Haupthaus ausfällt«, erklärte er, »fällt auch die Heizung im Stall aus.« »Sind Rentiere Kälte nicht gewohnt?«, schnippte Lina, die sich ärgerte, dass die schöne Stimmung weg war. »Aber die Fohlen von den anderen nicht«, sagte Rudi kurz angebunden und zog sich an. »Ich muss ihnen Decken auflegen, sonst erkälten sie sich.« Lina sah wieder aus dem Fenster, in dem sich der brennende Leuchter spiegelte, und beschloss, dass es hier im Haus gemütlicher war. Sie nippte vorsichtig am Kakao und sah auf ihr Handy. Auf dem Display war eine SMS von Annette. Sie schrieb, sie habe die grauenvollen Pizzen erhalten und auch die sehr sangesfreudigen und durstigen Russen hätten vor der Tür gestanden. Die Zeltkollektion sei eine Frechheit, und ansonsten entschuldige sie sich und bitte um weihnachtliche Milde. Sie versprach auch, sich etwas einfallen zu lassen, um es wiedergutzumachen. Lina grinste. Sie versuchte im Dämmerlicht der Kerzen eine Antwort einzutippen, als Rudis Telefon klingelte. Lina überlegte einen Moment, ob sie abheben sollte, ließ es dann aber, weil ihr nichts einfiel, was sie hätte sagen sollen, wenn der Anrufer fragen würde, wer sie eigentlich sei: »Hallo, ich bin der Weihnachtsengel, der sich geweigert hat, ein Rentier zu küssen. Herr Bärchinger hat mein Date vertrieben und mir Asyl vor Schneesturm und einem halbnackten Verrückten gewährt.« Der halbnackte Verrückte war dran. Lina erkannte seine Stimme deutlich. »Hey Rudi«, sagte er, »ist bei dir auch der Strom weg? Deckst du grad die Babies zu? Soll ich rüberkommen und helfen? Sag was, wenn du mich brauchst, ich fahr sofort los. Deine Weihnachtspute ist ja bestimmt für nichts zu gebrauchen und nimmt sich wieder mal wichtiger als die Flauschis.« Er lachte wie ein Panzerknacker und legte auf. Lina wurde plötzlich sehr heiß. Das lag bestimmt am Kakao, vielleicht auch am Rum, der drin war, vielleicht aber auch am Anruf. Sie stand auf und nahm ihre Kleidung aus dem Trockner und machte sich auf ins Unwetter.

Rudi streichelte ein kleines büffelartiges Fohlen, das unverhältnismäßig große Hörner hatte, braune Stirnfransen bis über die Augen und bei dem Lina wirklich nicht sicher war, ob es nicht geradewegs aus der Steinzeit kam. Mit ruhiger Stimme sprach Rudi auf das Tier ein, klopfte ihm immer wieder auf den Hals und knüpfte mit der anderen eine Schleife, damit die Decke fest saß. »Wenn sie husten, klingt das qualvoll«, sagte er zu Lina, »darum bring ich sie lieber ins Bett, wenn es so kalt wird.« Lina nickte, schnappte sich ein paar Decken und begann, sie den Tieren überzulegen, wie sie es bei Rudi gesehen hatte. »Hey, bist ja doch ein Weihnachtsengel«, sagte er. »Jedenfalls keine Pute«, schnaubte sie, war sich aber nicht sicher, ob er es gehört hatte.

Was macht man als Rentiervermieter eigentlich im Sommer? Lina überlegte eine Weile und fragte Rudi schließlich. Die Rentiere, so erfuhr sie, wurden verladen und verbrachten »Ferien in der finnischen Kältekammer«, und die übrigen Tiere konnte man auch im Sommer vermieten, für Fototermine, Filmaufnahmen, Erntedankumzüge oder als Zugtiere für Hochzeitskutschen. Lina stellte sich vor, wie ein winterliches Brautpaar vor der Kirche in einen Rentierschlitten stieg und kicherte. »Ja lach ruhig, wer so einen ernsthaften Job macht wie du, darf an der Stelle lachen«, frotzelte Rudi und verkündete dann, er werde ihr jetzt, damit wieder der nötige Ernst einkehre, die Geschichte eines Kindes von einem der Nachbarhöfe erzählen.

Ein Mädchen von dem Hof neben Meisters, um genau zu sein. Dieses Kind, berichtete Rudi, habe so geweint, als Weihnachten vorbei war, dass man es gar nicht mehr beruhigen konnte. Zuerst wurden aus den Tränen Eisblumen, und alle kamen und staunten, aber das Mädchen hörte nicht auf zu weinen und überschwemmte das ganze Haus. Da brachte man es, und Rudis Großeltern waren persönlich dabei, runter an den See, wo früher einfach eine Talsenke war, weil es dort den wenigsten Schaden anrichten konnte. Und in kürzester Zeit weinte es einen großen See, der prompt gefror, sodass das ganze Dorf darauf Schlittschuh laufen konnte. »Kannst sie dir ansehen. Die alten Schlittschuhe hab ich noch in der Diele hängen.« Lina und er saßen auf ein paar Heuballen, kraulten die Alpakas, die am zutraulichsten waren, und krausten abwechselnd ihre rot gefrorenen Nasen. »Und als das Mädchen sah, wie lustig das Schlittschuhlaufen war, da hörte es endlich auf zu weinen.« Lina sah Rudi das erste Mal richtig an. Und sie sah, dass er graue Augen hatte und einen Haarwuschel, der fast so sehr vom Kopf abstand wie ihr eigener. Und seine Hände im Fell des Alpakas sah sie auch, geschmeidige schmale Finger. Und Lina wurde trotz der Kälte ganz warm.

Rudis Geschichten kamen Lina vor wie ein Adventskalender, bei dem man ein Türchen nach dem nächsten öffnet und immer etwas Wunderliches und Schönes darin findet. Sie hatte es Annette ja immer gesagt: Das Beste an Weihnachten waren die Geschichten, die man sich darüber erzählen konnte.

Als alle Fohlen versorgt waren, kämpften sie sich zurück ins Haupthaus. Lina überlegte, wie es jetzt weitergehen würde, als ihr Handy wieder klingelte. Manchmal glaubte sie, diese Dinger hätten ein Eigenleben, einen gehässigen Charakter und stünden direkt mit dem Kosmos in Verbindung: Wenn man dringend darauf wartete, ließen sie keine Anrufer durch, aber wenn man seine Ruhe haben wollte und nur vergessen hatte, es auszuschalten, klingelte es in einem fort wie ein Schreibaby, das man füttern, wickeln und herumtragen musste und das nicht eher aufhörte zu quäken, bis man völlig auf dem Zahnfleisch ging. Rudi grinste und prophezeite: »Bestimmt Annette.«

Es war nicht Annette. Es war ein fremder Mann, der sich wortreich vorstellte. Lina brauchte eine Weile, bis sie wusste, wer dran war, und stammelte: »Oh, Sie sind das Kontaktanzeigen-Date.« Rudi drehte sich um und verschwand im Keller, um sich die Heizung anzusehen. Der Mann am Telefon wusste, was er wollte. Keine Spielchen. Er berichtete kurz und präzise über seinen Job in gehobener Stellung und sein respektables Gehalt, erwähnte seine schwierige Scheidung, weil er gleich mit offenen Karten spielen wollte, machte die richtigen Scherze zum richtigen Zeitpunkt, sodass Lina immer wieder laut lachen musste, und schlug ihr schließlich ein Abendessen im angesagtesten Restaurant der Stadt vor. Lina hatte sich dort nie hingetraut, weil das kein Lokal war, wo sie alleine sitzen wollte, und Annette nicht auf diese »Schicki-Locations« stand. Sie dachte an die Kritiken in der Gourmetzeitung, daran, dass ihr das Schicksal noch einmal eine Chance gab, denn das Date hatte sie nicht in ihrem peinlichen Kostüm gesehen und wollte sie treffen, obwohl sie ihn das erste Mal versetzt hatte. Und er musste wirklich überzeugend sein, wenn er es geschafft hatte, aus Annette ihre Telefonnummer herauszubekommen. Der Mann klang sehr, sehr nett. Genau das, was sie immer gesucht hatte. Und Lina sah in einer Art Vision ein großes Geschenk vom Schicksal vor sich, in dem sich dieses vielversprechende Date befand. Sie streckte das Kinn, nahm die Schultern zurück, hörte Rudi im Keller fluchen, bedankte sich für den netten Anruf und sagte: »Klar, treffen wir uns mal.« Rudi, der gerade die Treppen heraufgestapft war, wischte sich mit der rußigen Hand übers grimmige Gesicht, bis er aussah wie ein Indianer mit Kriegsbemalung.

»Er hatte einen viehischen Mundgeruch«, maulte Rudi, »wie eine Mischung aus Hundefutter und Bahnhofsecke, echt schlimm.« Lina zog eine Augenbraue hoch und regte an, demnächst doch bitte ihr die Entscheidung zu überlassen, wen sie treffen wollte und wen nicht. Schließlich sei sie kein Babylama. Rudi nickte kleinlaut. Beide setzten sich wieder an den Küchentisch. Das Schweigen stand zwischen ihnen wie Gelatine.

Lina versuchte als Erste durchzudringen: »Wie ist das denn hier auf dem Land mit der Liebe?« Sie gab sich Mühe, bei der Frage so dreist und unbefangen auszusehen, wie es nur ging. Rudi gab sich Mühe, so locker und unbefangen auszusehen, wie es nur ging, und sagte:

»Die einen sind Kunden bei deiner Freundin Annette, und die anderen halten sich Tiere. Die herzen wir dann an langen Winterabenden.« Er grinste und lehnte sich zurück. »Mit der Liebe bin ich vorsichtig. Manchmal geschehen hier ganz unheimliche Dinge.« »Ich ahne, was kommt«, spottete Lina.

Und tatsächlich fing Rudi wieder an zu erzählen: »Da gab es einmal eine junge Frau aus dem Nachbardorf, die hab ich selbst noch gekannt. Aster Nerlt hieß sie, und die hatte die Angewohnheit, bei Vollmond laut zu heulen wie ein Hund. Vor allem in kalten Winternächten stand sie draußen, wo der Wald anfängt, sah zum Mond und heulte. Man sagt, sie habe sich in den Mann im Mond verliebt. Irgendwann musste sie entdeckt haben, dass er der Einzige war, der ihre große Sehnsucht aushalten konnte. Vielleicht hat aber auch er sich sie ausgesucht und sie in einer einsamen Nacht angeschienen, wer weiß. Jedenfalls wurde Aster immer blasser, bis sie fahl war wie das Vollmondlicht. Dann entdeckten ihre Eltern, dass sie nachts leuchtete. Nicht stark, als wäre sie in ein Kernkraftwerk gefallen, nur so ein Flimmern. Und plötzlich war sie weg. Zu Licht geworden, sagt man. Oder zu einer Sternschnuppe. Und wenn man die sieht, darf man sich was wünschen. Das geht in Erfüllung, weil der große Wunsch der kleinen Aster auch wahr geworden war. Und was wünschst du dir?« Lina schloss die Augen und sah lauter bunte Lichtpunkte. Sie wartete, bis ihr der Wunsch in den Kopf kam und hielt ihn fest. Sie sah Rudi an und beobachtete, wie sich die flackernden Kerzen in seinen weiten Pupillen spiegelten wie Polarlichter. Jedes Licht ein freier Wunsch. »Sag ich nicht«, sagte sie leise.

18 DEZEMBER

Wie eine Eisprinzessin kam Lina sich vor. Sie stand mit Rudi vor dem Haupthaus im Hof und blinzelte in das gleißende Morgenlicht. Eiszapfen hingen von den Dächern, und der schienbeinhohe Schnee war oben noch einmal in einer Zuckerschicht gefroren. Vor ihren Mündern standen kleine rauchweiße Atemfahnen. Lina lachte. »Das ist ein Tag für Schneeengel«, verkündete Rudi, »und dass man sie jetzt dank der Rechtschreibreform mit drei e schreibt, macht sie nur schöner.« Lina knuffte ihn. »Schneeengel«, fing sie an, »interessieren sich überhaupt nicht für Rechtschreibung, die haben ganz andere Probleme. Das ist so: Zuerst legt man sich auf den Rücken in den Schnee und rudert mit Armen und Beinen. Und dann richtet man sich in seinem Abdruck vorsichtig auf und muss ganz schnell von seinem Schneeengel wegspringen, damit man ihn nicht erdrückt. Schneeengel entstehen nämlich erst, wenn man sie in den Schnee formt. Und man darf beim Wegspringen nicht die Form mit dem Fuß verwischen, nur intakte Schneeengel können ihren Job machen.« »Und der wäre?« Lina überlegte. »Der passt dann auf seinen Menschen auf, und solange es draußen unter Null ist, passiert ihm nichts.« »Mach doch schnell einen, dann kannst du in deinem Überraschungsei-Auto risikofrei nach Hause schlittern.« Lina spielte beleidigt. »Du hast gar keine Achtung vor Engeln«, schnippte sie. »Hab ich doch«, sagte Rudi leise, und das klang gar nicht gespielt. »Was für eine himmlische Ruhe«, flüsterte Lina, und Rudi nickte, legte ihr eine Hand auf den Rücken, streichelte ihr über die Wange und beugte sich zu ihr hinunter.

In dem Moment hupte es an der Toreinfahrt laut und schrill. Lina und Rudi fuhren auseinander. Ein großer dunkler Jeep rollte auf den Hof. Ein Mann im Cashmere-Mantel sprang heraus, blitzte Lina mit perlweiß strahlenden

Zähnen an und überreichte ihr einen gewaltigen Rosenstrauß, eher ein Busch als ein Bukett: »Hallo, ich bin dein Date von gestern. Ich hab bei der Agentur angerufen, weil wir uns bei deinem Fototermin ja verpasst hatten, und deine Freundin hat mir erzählt, dass du hier in der Pampa festsitzt. Eine von meinen Rosen ist von ihr, als Entschuldigung für irgendwelchen Ärger.« Lina bestaunte den riesigen Strauß. Rudi ging ohne ein Wort zum Stall. Der Mann strahlte, und Lina konnte nicht anders als zurückzustrahlen. Sie war von dem Lächeln so gefangen, dass sie nicht merkte, wie jemand an ihrem Arm zupfte. Und als sie hinsah, war es schon zu spät, da hatte eines der Rentiere fast den ganzen Strauß gefressen. Aus seinen fleischigen behaarten Lippen hing noch ein Stängel, während es mit großen, glänzenden Augen treuherzig zu der selten sprachlosen Lina hinaufschaute.

Das Feuer im Kamin prasselte. Davor lag Hyperion auf dem Teppich und ließ sich laut schnurrend mit bebenden Schnurrbarthaaren von Meister den Bauch kraulen. Meister war irgendwann klar geworden, dass der Weg zum Herzen einer Frau weniger über die Hobelbank als über ihre Katze führt, also hatte er einen Traum von einem Kratzbaum gezimmert, mit Schlaftonne und drei Ruheebenen, Seilen zum Angeln und herabhängenden Kugeln. Und es hatte gewirkt, Annette hatte ihn zum ersten Mal wirklich wahrgenommen und nicht nur einen Problemfall aus ihrer Kartei in ihm gesehen. Der Kratzbaum stand zwar unbeachtet in der Ecke, denn Hyperion war kein sportlicher Kater, aber Annette hatte einem

Abendessen bei Kerzenlicht zugestimmt und rote Flecken im Gesicht bekommen, als sie sich nach dem Duzungspunsch auf die Wangen geküsst hatten. Jetzt ging sie hektisch im Zimmer auf und ab, bis Hyperion sich belästigt fühlte von so viel Action und fauchte. »War das denn wirklich ein Fehler, dass ich diesen Typen zu ihr rausgeschickt habe? Ich fand, der war genau richtig für sie. Du kannst ihren Aufnahmebogen lesen, genau so einen wollte sie haben.« »Aber Rudi mag sie«, sagte Meister, und Annette nickte. »Aber mag Lina ihn auch?« Meister grinste. »Viel interessanter finde ich: Mag Rudi den Typ? Wenn nämlich nicht, gibt's vielleicht Ärger. Am Ende hetzt er noch ein Rentier auf ihn.« Er lachte leise und meckernd. Annette starrte ihn an: »Meinst du?«

Annette war keine von der zögerlichen Sorte. Getreu ihrem Motto: »Ich bin jetzt über dreißig, da kann es jeden Tag vorbei sein.« Nahm sie ihre Handschuhe und zog sich den schweren Mantel über. »Ich schwöre hiermit feierlich: Ich werde mich ab morgen früh nie wieder in das Liebesleben meiner besten Freundin einmischen. Und sollte sie noch einmal so ein peinliches, aber höchst lukratives Angebot bekommen wie neulich, als sie den singenden Flamingo beim Jahrestreffen der Ornithologen machen sollte, werde ich es für sie tun, jawohl, ich werde mit Frühstückseiern behangen vor riesigen Hühnerhintern posieren, wenn's sein muss, ich werde mich nackt in eine dänische Flagge wickeln, wenn wieder Poelser-Wochen im Einkaufszentrum sein sollten, und ich werde als Fliegenpilz verkleidet bei der Vergiftungszentrale stepptanzen.« Meister grinste: »Der Teil mit der Flagge gefiel mir gut!« Annette raffte ihren knöchellangen Rock gerade so hoch, dass er eine Wade zu sehen bekam, und hauchte: »Damit du weißt, worauf du dich freuen kannst. Später. Wir fahren jetzt zum Hof. Wenn es wirklich Ärger gegeben hat, wird Lina froh sein, wenn ich sie abhole. Und wenn nicht, umso besser. Auf geht's!«

Fährten lesen war nicht gerade Annettes Stärke. Und auch Meister hatte Schwierigkeiten, sich anhand der Fußspuren im Hof zusammenzureimen, was hier passiert war. Vier Füße kamen aus dem Haupthaus. Ein Fußpaar begannen bei einem groben Autoreifenprofil. Eines ging zum Stall. In der Mitte des Hofes liefen alle durcheinander, auch Hufabdrücke waren dabei, ein paar grüne Blättchen lagen im Schnee. Annette bemerkte es zuerst. Sie schrie kurz auf, winkte Meister aufgeregt zu sich heran und zeigte auf den Boden. Im Schnee sah man dunkelrote Tropfen. Blut. Ein bisschen zwar nur, aber genug, um sich vorzustellen, dass es hier Ärger gegeben hatte.

Meister überlegte: »Zwei sind vom Hof gelaufen, Richtung Bahnstation, da über die Felder, siehst du? Da ist man in einer guten Stunde, wenn man zackig durchmarschiert. Also, vielleicht hat der Typ Rudi eine gesemmelt und ist mit Lina zur Bahn, um zurück zur Stadt zu fahren.« »Oder«, meinte Annette, »der Typ hat jetzt einen Zahn weniger, und Lina ist weggelaufen, weil sie das Ganze kindisch fand, und Rudi ist ihr hinterhergelaufen.«

Beide waren inzwischen so oft im Hof hin und her gelaufen, dass sich alle Fährten vermischt hatten und sie nur noch raten konnten, ob hier jemand ihre Hilfe brauchte oder nicht. Meister kramte einen Schlüssel fürs Haupthaus hervor. Er rief nach Rudi, aber der ließ sich nicht blicken. »Mensch, Alter«, murmelte Meister, »mach doch keinen Mist, überlass das lieber deinen sabbernden Lamas. Doch nicht wegen ner Weihnachtspute.« Es hatte wieder zu schneien begonnen. »Wenn das weiter so runterkommt, sieht man die Spuren bald gar nicht mehr«, brummte Meister und setzte Annette an den Küchentisch, auf dem noch zwei große Tassen mit Kakaoresten standen. »Bleib hier, falls jemand anruft oder zurückkommt, ja? Bei dem Wetter kannst du eh nicht nach Hause. Also übernachtest du nachher am besten bei mir.« Er grinste anzüglich. Annette versuchte die Situation zu genießen, es war eine Weile her, dass jemand sie so direkt angebaggert hatte, und es gefiel ihr, der ganze Mann gefiel ihr, aber sie musste immer wieder an Lina denken, die da draußen vielleicht irgendwo herumirrte, vielleicht mit jemandem, den sie gar nicht kannte. Sie seufzte. Meister wickelte sich einen dicken Schal, der neben der Tür gehangen hatte, um den Hals. »Mach dir keine Sorgen, bald wissen wir, wer hier das Schneewittchen gegeben und in den Schnee geblutet hat.« »Hoffentlich nicht Lina«, dachte Annette.

»Es waren zwar nur ein paar Tropfen, aber ein bisschen Mitleid könntest du schon haben«, keuchte Lina und wischte sich den Schweiß von der Stirn.

»Wenn man so einen Protzstrauß an sich reißt, muss man wissen, dass der Dornen hat«, warf Rudi zurück, holte noch weiter aus und marschierte weiter. Lina versuchte Schritt zu halten, was bei dem hohen Schnee schwierig war. »Ich hab ihn nicht an mich gerissen«, schrie sie gegen den Wind an, der hier draußen auf dem Feld besonders schneidend war. »Ich habe ihn entgegengenommen, das macht man mit Geschenken so, und wenn dein Vielfraßtier ihn nicht weggemampft hätte, hätte ich nicht versucht, ihn ihm aus dem Maul zu reißen, und dann hätte ich nicht deinen Hof vollgetropft. Eigentlich ist es deine Schuld.« Rudi hielt an und griff nach ihrer Hand. »Zeig mal her.« Es waren nur ein paar Kratzer, aber Lina freute sich, dass er endlich stehen blieb, nachdem sie zwanzig Minuten hinter ihm her gehechelt war. Sie jammerte ein bisschen, damit er sich weiter kümmerte. Rudi sah sie streng an, und Lina hörte auf zu jammern. »Triffst du dich mit ihm?« Rudi sah an ihrem Ohr vorbei dorthin zurück, wo irgendwo der Hof liegen musste. Lina stöhnte. »Nein, das hab ich doch alles schon gesagt. Er ist attraktiv, mein Gott. Und vielleicht wäre das endlich mal ein Mann gewesen, bei dem meine Mutter nicht mitleidig geguckt hätte, als hätte ich ein verlaustes Tier auf einer Autobahnraststätte losgebunden, wenn ich ihn zu Hause vorführe. Aber nein, ich treffe mich nicht mit ihm.«

Rudi packte sie an beiden Armen, als wollte er sie schütteln: »Und wieso nicht, wenn er so toll ist?« »Weil ich lieber mit dir in der Pampa einen Rekord im Schneejoggen aufstelle, als mit ihm Schnecken essen zu gehen.« »Und wieso?« Lina lachte. »Ich mag keine Schnecken.« Rudis Augenbrauen lagen immer noch wie zwei tiefgefrorene dicke Raupen direkt über seinen Augen, dann grinste er auch. »Hör mal«, sagte er wieder ernster. »Ich verlange keine Entscheidung von dir. Du weißt von mir nicht viel mehr, als dass ich komische Haustiere vermiete, am Ende der Welt wohne und einen etwas exzentrischen Umgang habe. Aber eine Chance will ich. Nur das. Lass mich doch zumindest mal eine Weile zu Wort kommen, bevor du dich wieder nach Schnöseln mit Mundgeruch umsiehst.« Lina nickte. Sie stellte sich auf die Zehenspitzen und küsste ihn mit ganz spitzen Lippen kurz auf den Mund. Das fühlte sich an wie ein schmelzender Eiskristall. »Okay«, sagte sie.

Als Linas Mund unter seinem Kuss weicher wurde, dachte Rudi nicht mehr so sehr an einen schmelzenden Kristall, sondern an Vanilleeis, wenn es gerade kurz davor ist, flüssig zu werden, sahniges, süßes Vanilleeis mit einem Hauch Zimt. Lina umfasste ihn in seiner aufgeplusterten Windjacke und schmiegte sich an ihn. Seine Haare, die ihr ins Gesicht wehten, rochen ganz leicht nach Heu und nach Plätzchen auch, nach einem bestimmten Gewürz, Koriander oder Anis. Lina atmete diesen Geruch tief ein und stellte sich vor, wie es wäre, gleich hier zu einer Art Eisstatue zu verschmelzen. Bei Tauwetter bliebe dann nur noch eine große Pfütze von ihnen übrig, die ganz leicht nach Weihnachten und Geheimnissen duften würde. Rudis Hände streichelten über den dicken Stoff ihres Mantels und strichen ihr die Haare aus dem Gesicht. Als sie sich voneinander lösen konnten, waren beide etwas atemlos, und Lina hatte das Gefühl, am Boden festgefroren zu sein. Aber innerlich war ihr richtig warm, sie legte die Hände auf die Wangen, die glühten wie in der Rotbäckchen-Reklame. Rudi lächelte, und seine grauen Augen schienen ihr einen Stich blauer als vorher. »Und wenn es schiefgeht?«, seufzte er. »Ein Weihnachtswunder? So was geht nicht schief«, bestimmte Lina. Dann hatte sie eine Idee: »Wir können uns ja einen Engel machen, damit uns nichts passiert, das wär doch prima.« Sie legte sich vorsichtig in den Schnee, und Rudi, der etwas von »obszönen Freiluftorgien« frotzelte, legte sich auf sie, damit es ein gemeinsamer Schneeengel würde. »Ein Schneeerzengel«, erklärte Lina, »mit fünf e's insgesamt, denn je mehr e's, desto mehr Schutz.« Rudi lachte und ruderte mit Armen und Beinen. Lina tat es ihm gleich, aber die Vorstellung, wie sie da verpackt wie Eskimos übereinander auf dem Boden lagen, keuchten und sich ab und zu unfreiwillig verknoteten, war so komisch, dass beide immer wieder lachen mussten. Rudi stand vorsichtig auf, um die Umrisse nicht zu verwischen, und half Lina auf. Beide sprangen aus der Engelform und bewunderten den Abdruck. Mittlerweile hatte es angefangen, dunkel zu werden. Sie umarmten sich, und Lina hauchte: »Am liebsten würde ich einfach mit dir wegfliegen, so wie die Frau aus deinem Dorf, die sich in den Mann im Mond verliebte und zu Licht geworden ist.« Über ihnen löste sich ein heller Punkt und flog ihnen entgegen, eine Sternschnuppe. Lina und Rudi fassten sich bei den kalten Händen, schlossen die Augen, rieben die rot gefrorenen Nasen aneinander und wünschten sich beide dasselbe.

Meister kam sich vor wie ein Polarforscher. Obwohl es anstrengend war, durch das hügelige Gelände zu stapfen, der Schnee ihm eisig ins Gesicht stach und er sich Sorgen um seinen Freund machte, summte er vor sich hin. Er dachte an die Frau, die da auf dem Hof saß und auf ihn wartete. Sie kam ihm genauso ungeduldig vor, wie er selbst es war, und er hoffte sehr, dass sie die Nacht wirklich bei ihm verbringen würde. Aufgefallen war sie ihm gleich, ihre kräftigen langen Beine, ihr kurzes glänzendes rotes Haar, das hatte er gleich gemocht, aber sie war so, er suchte nach einem Wort, so sophisticated, dass er immer geglaubt hatte, er hätte sowieso keine Chance. Und dann war alles ganz einfach gewesen. Sie hatte ihn gefragt: »Kannst du dir vorstellen, mit Baileys zu baden?« Und er hatte geantwortet: »Wenn das Zeugs warm genug ist.« Und da waren sie sich irgendwie einig gewesen. Er hätte jetzt gern mit ihr am Kamin gesessen, diesen kleinen dicken Kater gekrault und sie mit Dominosteinen gefüttert, aus denen er vorher die Geleeschicht gepult hatte, denn so viel wusste er von Frauen: Sie können Kisten von Dominosteinen essen, aber kaum eine mag diese blöde Geleeschicht. Die Spur machte eine Biegung, und beunruhigt sah er, dass das Schneetreiben immer dichter wurde. »Ich bin doch nicht Fräulein Smilla«, murmelte er und hoffte, dass er kein besonderes Talent brauchen würde, um die beiden zu finden.

Dann, ganz plötzlich, brach die Spur ab. Meister stolperte fast über den letzten Fußabdruck. Er drehte sich um sich selbst, schaltete die Taschenlampe ein, weil es langsam dunkel wurde, und sah sich um. Er stand auf freiem Feld, etwa eine halbe Stunde vom Hof entfernt. Irgendwo röhrte eines der Rentiere. Und diese doppelte Spur hörte einfach auf. Er kratzte sich unter Rudis Schal am Hals. Dann entdeckte er ein Stückchen neben der Spur einen Abdruck im Schnee. »Schneeengel«, stöhnte er, »wie die Kinder.« Fast hätte er die Taschenlampe fallen lassen, als er die Schreie über sich hörte. Er riss den Lichtkegel nach oben und sah gerade noch zwei große weiße Vögel aus dem Licht fliegen. Graugänse vielleicht oder Wildenten. »Komisch«, dachte er, »diese Vögel, mitten im Winter und im Dunkeln.« Er stand noch eine Weile im Schneegestöber und sah zu, wie der Engelabdruck sich langsam füllte und bald nicht mehr zu sehen war. Er atmete tief durch, um einen klaren Kopf zu bekommen, und schnupperte. Es roch nach Zimt. Meister war klar, dass man ihm bald eine Möhre in den Mund schieben und Kohlen auf die Augen legen konnte, wenn er weiter hier herumstand. Er sah noch einmal zum Himmel hinauf, wo er die weißen Flügel gesehen hatte, und stapfte dann zurück zum Hof.

Annette seufzte, hob Hyperion von ihrem Schreibtisch und setzte ihn auf den Boden. Rötlich geringelte Katzenhaare blieben auf ihren Unterlagen zurück. »Nimm dein Fell mit, wenn du gehst«, sagte sie.

Dann wandte sie sich wieder ihrem Kunden zu, der einen großen grünen Cordhut zwischen den Fingern knetete. Ihre Stimme klang jetzt sehr pädagogisch. »Sie sind doch erst zwei Monate Kunde hier. Ein bisschen Geduld müssen Sie schon haben. Und es liegt sicher nicht an Ihrem Job. Kammerjäger ist doch ein ehrbarer Beruf. Sehen Sie mal: Ich bin doch selbst vor einigen Wochen als Kakerlake auf Ihrer Tagung aufgetreten. Und dass Sie weit draußen wohnen, hat sicher viele Vorteile, Frauen mögen so was, Garten und so.«

Meister kam herein und brachte ein Tablett mit Kakao und Keksen. Annette zeigte auf ihn: »Sehen Sie meinen Freund an, der wohnt auch auf dem Land, und wir haben uns trotzdem gefunden. Sie brauchen nur ein bisschen Geduld.« Der Kunde zog die Mundwinkel herunter, riss die Augen auf und krauste die Nase, bevor er wieder über seine Einsamkeit zu jammern anfing. Annette dachte, dass es womöglich an seiner comicartigen Mimik lag, dass ihn keine der Damen, die zu einem Date erschienen waren, ein zweites Mal treffen wollte. Annette wischte resolut durch die Luft und unterbrach ihn: »Nein nein, das, was Sie da durchmachen, ist eine Osterdepression, ich kenn so was, da sieht man alle diese Familien draußen herumspazieren, mit kleinen Kindern, und sie suchen Eier und essen Eis, und außerdem wird es Frühling, da toben die Hormone, das ist ganz normal. Ich hatte einmal eine Freundin, bei der kam das immer zu Weihnachten. Ganz frustriert war sie schon. Und dann ist doch noch ein Wunder passiert.«

Sie lehnte sich vor und sprach ganz leise weiter, als verrate sie ein Geheimnis. »Sie war Fotomodell, hat einen Landwirt kennengelernt, und die beiden haben sich ein paar Tage vor dem Heiligen Abend so ineinander verliebt, dass sie, nun ja, dass sie sich in Engel verwandelt haben. Mein Freund hat selbst die Flügel gesehen, draußen auf dem Feld, und sie sind zusammen weggeflogen, und man hat nie wieder etwas von ihnen gehört.« Sie nickte bedeutungsvoll.

Der Kunde sah immer noch skeptisch aus. »Sie meinen aber nicht die Supermarktmaus, mit der der Rudi vom Rentierhof gerade auf den Kanaren Urlaub machen soll, oder? Immerhin laufen da draußen in Ihrem Vorgarten ja seine Lamas rum. Eines hat mich eben übrigens angespuckt.«

Annette sah ihn beleidigt an. »Tscha«, mirakelte sie, »ein bisschen drauf einlassen müssen Sie sich schon. Wunder passieren nur denen, die vorher dran glauben, ich sag's Ihnen, damit kenn ich mich aus.«

Auf die Plätzchen – fertig – los

Rezepte für eine himmlische Adventszeit

Lebkuchen-Engelchen à la Angelina

Für ca. 60 Stück
375 g heller Rübensirup, 50 g brauner Zucker, 100 g Butter, 2 TL Lebkuchengewürzmischung, 500 g Mehl, 1 Packung Backpulver, Mehl für die Arbeitsfläche; 1 Eiweiß, 130 g Puderzucker

Sirup, Zucker und Fett so lange in einem Topf unter Rühren erhitzen, bis der Zucker sich gelöst hat. Abkühlen lassen. Lebkuchengewürzmischung darunterrühren. Mehl und Backpulver in einer Schüssel mischen und in die Mitte eine Mulde drücken. Sirupmischung hineingeben und mit Knethaken zu einem Teig verkneten. Teig über Nacht im Kühlschrank ruhen lassen. Backofen auf 180° C (Umluft 160° C) vorheizen. Teig auf bemehlter Fläche dünn ausrollen, Engelchen ausstechen und portionsweise auf ein mit Backpapier belegtes Backblech legen und ca. 6–8 Minuten backen. Danach abkühlen lassen. Eiweiß und Puderzucker zu einem zähen Guss verrühren. Guss in einen Gefrierbeutel füllen, an der Spitze eine sehr kleine Ecke abschneiden und fein die Konturen der Engelchen aufmalen.

Annettes »Liebestorte«

Für ca. 16 Stücke
240 g Butter
240 g Zucker
240 g Zartbitterschokolade
8 Eier

Butter schmelzen. Schokolade im Wasserbad schmelzen. Geschmolzene Butter und Schokolade vermischen. Zucker und 8 Eigelb verquirlen.

Zucker-Eigelbmasse mit Butter-Schokoladenmasse vermischen, wenn Letztere etwas abgekühlt ist. 7 Eiweiß steif schlagen und unter ¾ der Teigmasse heben. Alles in eine Kuchenform geben und ca. 35 Min. bei 200 °C backen (Umluft 175 °C).

1 Eiweiß und ¼ der Teigmasse verquirlen und über den gebackenen Teig verteilen. Vor dem Servieren mindestens zwei Stunden lang im Kühlschrank kalt stellen.

Zimt-Rentiere à la Katla

Für ca. 20 Stück
2 Eiweiß
150 g Puderzucker
1 TL Zimt
175 g gemahlene Mandeln
Zum Verzieren:
1 Beutel Kuchenglasur (Zitrone)

Eiweiß sehr steif schlagen, nach und nach Puderzucker unter weiterem Schlagen dazugeben. Zimt und Mandeln unterstreuen, Teig in Frischhaltefolie ca. 1 Std. im Kühlschrank ruhen lassen. Teig etwa ½ cm dick ausrollen, Rentiere ausstechen und auf ein mit Backpapier ausgelegtes Backblech legen. Im vorgeheizten Backofen bei 160–180° C (Umluft 150–160° C) 20 Minuten backen und abkühlen lassen. Glasur im heißen Wasserbad erwärmen. Beutel aufschneiden und Glasur auf die Rentiere pinseln. Rentiere in einer Keksdose mit Apfelstücken und zwischen Pergamentpapier aufbewahren.

Rudis Festtagspunsch

Für ca. 10 Gläser
1 Flasche Rotwein
1 Flasche Weißwein
80 g Kandiszucker
1 Orange, in Scheiben
1 Zitrone, in Scheiben
Saft von 1 Orange
Saft von 1 Zitrone
4 Zimtstangen, 2 Gewürznelken
150 ml brauner Rum

Die Weine zusammen mit dem Kandiszucker unter Rühren erhitzen, bis sich der Zucker aufgelöst hat. Nicht kochen lassen. Die Zitrusfruchtscheiben halbieren und zusammen mit den Fruchtsäften sowie Zimt und Nelken zum Wein geben. Den Punch bis kurz vor dem Siedepunkt erhitzen, dann den Rum dazugeben.